KB157782

한국 희곡 명작선 28

오월의 석류

한국 희곡 명작선 28

오월의 석류

양수근

평민사

향
수
그
근

오
월
의
석
류

등장인물

엄마 (76. 혼령) / 순심 (57. 큰 딸) / 순철 (53. 아들) / 순영 (48. 막내 딸) / 어린순철 (19. 고3)

무대

순심의 거실 겸, 마루

한쪽으로 치워진 소파. 소파 자리에 비스듬하게 세워둔 병풍.

거실 뒤로, 작은 마당과 대문. 대문 위로 좁은 계단을 타고 앙증맞은 옥상.

옥상 위에 몇 개의 장독대

오래된 석류나무. 석류가 빨갛게 익어가고 있다.

마당 빨래 건조대 위에 가지런히 널려 있는 수건들.

1장. 늦은 오후

음악이 흐른다.
무대 밝아지면 제기(祭器)들과 음식들을 거실로 내오는 순심.
마른 수건으로 제기를 닦는다.

순심 고사리, 무나물, 도라지, 콩나물… 생선도 이만 하믄 넉
넉할 꺼이고. 남으믄 순영이 갈 때 싸주고… 가만 있자.
순영이는 늦을랑가… 석류를 몇 개 따야 쓸 거인디.

음식을 한쪽으로 치우더니 부엌으로 들어가서 바구니를 들고
마당으로 나선다.
작은 바람이 인다.
빗자루로 떨어진 낙엽이며 먼지를 쓴다.

순심 혼자 사는 집인디도 아침에 쓸고 오후에 쓸고…

빗자루 치워놓고, 옥상 계단을 오른다.
중간에 앉아 숨을 몰아쉰다.

순심 (계단 오르락거리는 것도 숨차다)

석류나무에서 이파리 몇 개 떨어진다.
떨어진 석류나무 낙엽을 한쪽으로 치우는 순심.

순심   올해는 가을볕이 좋아서 긍가, 석류가 잘 익었네. 때깔
도 좋고.

사이.

순심   웃꼴 동호 아제네도 농사가 잘 됐담서 햅쌀을 두 가마
니나 더 보냈드랑께. 냅두라고 해도 당췌 내 말을 들어
주간디. 몇 마지기 안 되는 땅 붙여먹음서 쌀을 두 가마
니나 더 보냈으믄 솔찮이 많은 양 아닌가.

사이.

순심   사람이고 곡식이고 때가 되믄 익는 갑서. 곡식이야 목
구멍으로 털어 넣기라도 하제만은… 보소. 나 잔 봐. 사
람 익는 것은 아무짝에도 씨알데기가 없네. 없어.

유독 눈에 들어오는 잘 익은 석류가 눈에 띈다.

순심   가만있자, 저 놈을…

겨우 닿을까말까 하는 석류.

순심 시고 달고. 요놈을 따서 술도 담고, 과즙도 내서 먹고, 그냥 쪽쪽 빨아서도 먹고… 사람 이빨도 석류 맹키로 튼튼하고 가지런 하믄 을매나 좋을까.

사이.
한참 생각에 잠겨있다.

순심 나도 인자 나이를 묵어서 긍가, 잇몸에서 피나는 것은 일도 아니요. 뭘 씹어도 씹는 것 같덜 않고… 세월을 먹는 건지, 시간을 먹는 건지, 나이테가 오십하고도 여섯 개나 됐당께. 금방이네, 후딱 가불었어. 엄마는 내 나이 때 우쪽케 사셨소?

가지 끝 조금 먼 석류를 노려보는 순심.

순심 저놈이 질로 알차고 잘 익은 것 같어. (까치발을 들어본다. 그러나 여의치 않다) 왜? 내가 못 딸 것 같응가? 울 엄마 제상에 저놈을 떡 하고 놔야 내 맘이 편하것는디…

팔을 뻗는다. 역시 잡히지 않는 석류.

순심   올해까지는 그럭저럭 내가 제상을 볼 수 있을 것 같은
       디, 아무래도 내년부터는 순철이한테 맽게야 쓸랑갑
       서… 왜?… 섭섭하시오? 섭해도 할 수 없어. 그것이 내
       인력으로 되는 일이간디.

       다시 팔을 뻗는, 그러나 닿지 않는 석류.

순심   보쇼. 인자는 요 석류 하나도 제대로 못 따는 것 잔 봐.
       (씁쓸한 웃음)

       순심, 잠시 쉬었다가 다시 눈도장을 찍었던 석류에 손을 뻗는
       다. 그러나 역시 손이 미치지 않는다.

순심   뻘건 석류가 아가리를 쩍 벌리고 나 잡숫쇼 하고 있는
       디… 오메, 당췌 손이…

       골목에서 동생 순영의 소리가 들려온다. 여전히 손을 뻗어 낑
       낑대는 순심.

순영   (소리) 언니.
순심   …
순영   (소리) 나 왔네.
순심   (대답을 하는 둥 마는 둥)

순영 (소리) 순심언니.

순심 어, 왔니.

순영 (소리) 문 열어.

순심 편지통 안에 열쇠 있어.

순영 (문을 따고 들어서는) 뭐해?

순심 어?

순영 (대문에 붙어있던 광고전단지를 들고) 이런 것 좀 떼고 살아…

순심 어서와 늦었다.

순영 (전단지 보며) 중국집, 피자, 지붕개량, 치킨, 폭탄세일, 지저분하게, 사람 안사는 집 같잖아. 그러다 도둑이라도 들믄 어짤라고.

순심 뭐 훔쳐갈 게 있다고.

순영 (전단지 마루에 놓고 벌렁 눕는다) 하늘 참 예쁘다.

순심 가을이잖냐

순영 울 엄마 이 좋은 가을날 보고 싶어 어떻게 눈을 감았나 몰라.

순심 뚱딴지 같이, 그게 뭔 소리여.

순영 몰라. 걸어왔더니 힘이 쭉 빠지네. 좀 땄어?

순심 너 기다리다 목 빠지것다. 보고만 있지 말고 올라와서 거들어.

빨래 건조대에 널린 수건이며 옷들.

순영 꼬실꼬실 잘 말랐다.

빨래를 턴다.

순영 수건은 이리고 마당 햇볕에 바싹 말라야 냄새가 나딜 안 해. 아파트 베란다는 하여간 구려.

순심 말뽄새 하고는. 올라오기 싫음 빨래나 걷어.

순영 혼자 살면서 뭔 빨래가 이리도 많이 나왔대?

순심 손님 오는데, 그럼 헌 수건 내 놔.

순영 치, 내가 손님인가.

순영, 빨래를 갠다.

순심 (석류 따는데 정신이 팔려)

순심 박서방은?

순영 …

순심 박서방은 같이 안 왔어?

순영 지 엄마 제사도 안 지내는 사람이, 장모 제사를 챙기겠어.

순심 지 엄마가 뭐냐. 모냥없이.

순영 나도 교회 다닐까봐.

순심 제사 지내기 싫다고 교회를 다녀?

순영 뭐 어때.

순심　　말은 쉽다.

순영, 갠 빨래 마루에 올리고 건조대를 치운다.

순영　　좀 땄어?
순심　　구석에 대막가지 있을 거야 들고 올라와.

순엉, 대나무 들고 옥상으로 올라간다.

순영　　올해는 더 많이 영 거 같네. 주렁주렁, 아래서 볼 때랑 하고는 영판 다릉만이. 음, 향기. (순심 바구니 보며) 인자 한 개 땄능가? 꼼지락 꼼지락, 좀 빠릇빠릇 해 버릇 해.
순심　　니도 나이를 묵어봐라 니 맘대로 뒹가.
순영　　(따라하며) 니도 나이를 묵어봐라 니 맘대로 뒹가.
순심　　뭐? (웃는)
순영　　나와 봐. 내가 할게.
순심　　손이 다야 따제?
순영　　어디 보자 어디 보자. 어떤 놈을 따고 잦은디?
순심　　저 작것이 달랑 말랑 함서 아조 살살 약올린단 마다.
순영　　저 작것이 어째 울 언니 심사를 뒤틀려 놨다냐.
순심　　(눈에 찍어둔 거 보며) 조기. 봐봐.
순영　　미친년 맹키로 입을 쫙 벌렀네.
순심　　미친년?

순영 (입을 헤 벌리고) 봐. 똑같지?

순심 (그 모습에 웃는)

순영 (팔을 걷어붙이고) 조놈이 맘에 들어?

순심 엄마가 그놈 잡숫고 잡다고 안 하냐.

순영 (대나무를 이용해 가지를 당긴다)

순심 옳제 옳제.

순영 (가지를 잡아당긴다)

순심 오지다 오져. 물감으로 기린것 맹키로 아조 이쁘다.

순심, 가까이 다가온 잘 익은 석류를 딴다.

순영 땄어.

순심 응, 봐라. 크지, 알도 꽉 찼고. 엄마 좋아 하시것다.

순영 쪼개봐. 먹어보게.

순심 (쫙 벌려 반쪽을 순영에게 준다)

먹는 자매.

순영 음, 그래. 이 맛이야. 이 맛. 맛있다. 어쩜 이런 오묘한
맛이 날까. 언니 몇 개 더 따자. (엉덩이를 흔들며 가지를
마구 때리는)

순심 야, 야. 살살. 살살.

순영 (엉덩이를 더 흔들며)

순심	가지 부러져.
순영	석류 한두 번 따봐.
순심	누가 보믄 어짤라고 그냐?
순영	보긴 누가 보간디? 엉덩이를 살랑살랑 흔듬서 따야 더 재미나제. 이라고. 막 흔들어주세요.
순심	(어린아이처럼 웃는다)
순영	(그 모습을 보고 따라 웃다) 언니도 해볼랑가. (엉덩이 흔들며)
순심	냅둬. 흉해.
순영	남들이 보면 두 아줌마들이 날구지 하는 줄 알것네.

두 여자 한참을 웃는다. 그리고 딴 석류를 바구니에 담는다.

순심	석류가 몸에 좋담서야. 골다공증, 피부미용, 신경통, 소화불량, 특히 암에 그렇게 좋다 글드라. (먹는)
순영	폐경기 다 지난 여자가, 몸에 좋아봐야 어따 써.
순심	(노려보는)
순영	왜? 얼굴에 뭐 묻었대?
순심	폐경기 지난 여자가 몸 챙기면 안 되냐.
순영	아니, 내 말은 그냥. 혹시 언니?
순심	혹시?
순영	혹시 뭐?
순영	남자 있어?

순심　남자?

순영　그래 남자?

순심　이 나이에 남자는 무슨?

순영　남자 있제, 맞제?

순심　뭐?

순영　뭐하는 남자야. 재산은? 나이는? 초혼은 아닐 테고… 애 딸렸어? 애들은 몇이나 있고?

순심　(어이가 없다)

순영　설마? 초혼이야.

순심　너랑 말을 섞지 말아야지.

순영　있는 거 맞지.

순심　이 나이에 무슨.

순영　왜? 뭣이. 언니가 남자 만나는 것이 흉이당가 있음 있는 거제.

순심　… 제상에 석류 올리는 집은 우리 집밖에 없을 거야.

순영　말 돌리지 말고. 나도 형부 생기는 건가? 박서방이 알면 정말 좋아하겠다.

순심　그런 거 없어. 석류나 따. 내년에는 석류를 딸 수 있을랑가 어쩔랑가…

순영　왜? 형부 될 사람이 집 싹 밀고 새로 집 짓제? 석류나무도 베어내고?

순심　참말로 얼척이 없어서. 남자는 무슨 남자. 그라고 우리한테 이 나무가 어떤 나무라고 베어 내 베길.

순영　암, 요 석류나무가 그냥 나무간디. 우리한테는 엄마고 아버지나 다름없는 나문디. 엄마는 아버지 일찍 돌아가시고, 석류나무가 내 남편이다 생각하고 의지하며 살았응께. 기억나? 아버지가 이 나무 보면서 순심아, 순심아 했던 거.

순심　왜 안나.

순영　유별났어. (변하며) 여하튼 형부 될 사람 나한티 젤 먼저 소개해. 알았지.

순심　음마. (헛한 웃음)

순영　약속한 거야.

순심, 나무를 보다가 한참 만에 입을 뗀다.

순심　나 태어나던 해, 영암 독천 오일장 다녀오던 길에 어린 묘목을 샀다여. 물주고, 퇴비 주고, 애지중지 키우셨다더라.

순영　애지중지 키우셨지 당신 딸래미 대하듯.

순심　저 골목에서 자전거를 끌고 들어오던 당신은 대문을 열자마자 "순심아, 순심아, 오늘은 얼매나 컸나. 야, 오늘은 드디어 꽃이 폈구나. 하하하. 아이구 우리 순심이" 이러면 나는 방에서 정말로 내 이름을 부른 줄 알고 막 달려나와 "아부지 다녀 오셨어라우" 문지방에 서서 우두커니 보면, 당신은 하루 종일 있었던 일들을 어린 석류나무에 대고 이야기해 주셨제. "오늘은 말이다이 오전에 비가 와서 하루를 공칠 뻔했지 뭐냐. 다행히 점심 나절에 비가 그쳐서, 어제 쌓아 뒀던 벽돌들 위로 세멘을 처발랐다. 너도 알지 내 솜씨? 모두들 박센, 박센, 나만 찾는단 마다. 허허. 순심아, 어디 아프지 말고 무럭무럭 커서, 저 하늘까지 닿거라" 그럼서 문지방에 서 있는 나를 봄서. "내 딸 순심이 고등학교 대학교 가고 시집가서 아들딸 낳을 때까장 무럭무럭 자라서 보석 같은 석류 주렁주렁 열믄 사람들 다 모타놓고 맛나게 묵자. 알았쟈" (변하며) 평생 미장이가 천직이었던 아버지…

순영   순심아, 순심아.

순심   (보다가 웃는)

순영   아버지 돌아가시고 난 뒤부터는 엄마가 이라고 불렀잖아. 이 나무한티. 근디, 언제까지 불렀더라. 난 그게 생각이 안 나.

긴 사이.

순심   그 날 이후.

순영   맞다. 생각해 보니 그러네.

순심   아버지 돌아가시고도 우리는 주눅 들지 않았다. 어디 가서 아버지 없이 자란 새끼들이란 소리 듣지 않을라고

더 열심히 공부했고, 너랑 나랑 순철이랑 엄마랑 더 똘
똘 뭉쳤제. 그런데, 그 모든 것들이 한꺼번에 물거품처
럼 와르르 무너졌어.

사이.

순영 그래. 한꺼번에 물거품처럼 와르르.
순심 ㄱ 날 이후, 우리는 가족으로서 유지해야 하는 최소한
의 것들까지도 비참하게 짓밟혔응께.
순영 … 언니, 나는 이 나무가 인자는 아부지 가꼬, 엄마 가
꼬 그라네이.
순심 … 나도 그려.
순영 이 나무가 언니랑 나이가 같다는 게 믿겨지지 않아.
순심 듬직하지.

순영, 옹이가 박힌 가지를 유심히 본다.

순영 언니, 여기. 맞지. 이 가지.
순심 (보는) 그래.
순영 엄마 목숨 살린 거야. 이 가지가.
순심 아버지가 선견지명이 있었던 거지.
순영 그런 셈이네.
순심 많이 컸어, 그 후로도.

순영	응. 쑥쑥. 몸통도 두꺼워졌고.
순심	…
순영	옹이가 단단해.
순심	세월이 그만큼 흘렀냐 안.
순영	감쪽같다. 겉으로 봐서는 총 맞은 흔적 전혀 모르것네.
순심	시간이 깊어질수록 더 아물더라… 우리들 생채기도 이렇게 아물었어야 혔는디…
순영	만약에 이 나무가 없었으믄 어떻게 됐을까?
순심	얘가, 끔찍한 소리를…
순영	(갑자기) 탕탕탕탕탕탕탕, 드르르르륵, 탕탕탕탕.
순심	(화를 낸다) 그만해.
순영	왜 화를 내고 그래.
순심	놀랬잖냐.
순영	미안해. (긴 한숨)
순심	땅 꺼지것다.
순영	기일이라 그런가, 더 생각나네 울 엄마.
순심	괜히 옛날 일 꺼내고.
순영	언니.
순심	말 해.
순영	나 그때 겨우 열네 살이었다 언니. 동트는 새벽이었어, 쓰러진 엄마의 몸에서 붉은 핏물이 옥상 계단을 타고 내려오는디…
순심	얘가, 그만하라니깐.

잠시 침묵.

순심　엄마 그렇게 되고도 대인시장으로, 양동시장으로 절뚝 거리는 다리 끌며 우리 삼남매 먹여 살린다고 악착같이 사셨어. 장사 마치고 돌아오면 파김치가 된 엄마 몸에 서 생선 비린내가 진동했지만, 우리 삼남매 엄마 곁에 딱 달라붙어서 한 이불 덮고 잤어.

순영　대단해, 울 엄마. 난 애 둘도 벅차 죽겠는데, 더구나 엄 마는 남편도 없었잖아. 언니도 대단하고 또 한편으로는 미안하기도 하고.

순심　잡생각 하덜 말고, 야물딱지게 살아. 애기들 건사 잘 하 고.

노을이 더 깊어진다.

순심　순영아?

순영　응.

순심　… 내가 죽어 없어도 이 나무는 계속해서 자라겄제. 지 금 맹키로 주렁주렁 열매도 열릴 테고.

순영　기운 빠지게, 무슨 말을 그렇게 해.

순심　… 신문, 봤니?

순영　무슨?

순심　이 동네도 재개발 된다드라.

순영 응, 박서방한테 들응 거 같어.

순심 동명동, 지산동, 산수동, 그 많던 골목길이며 덕지덕지 붙어있던 파란 기와집들 다 사라지고. 봐라, 철둑길 옮겨간 자리에 아파트 들어 슨 거.

순영 (말없이 언니가 바라보는 시선을 보는) 세상 변하는 것을 누가 막것어.

순심 그랑게 말이다. 저기 금남로. (사이) 많이 변했지?

순영 변했제. 불빛은 더 화려해졌고, 건물들도 더 높아졌응께. 그래서 난 슬퍼.

순심 어째서 슬퍼야?

순영 나이 묵는 일이 존 일인가.

순심 나이를 안 먹고 가만히 있다고 생각해봐라, 그거이 존 일이것냐.

순영 아이고, 난 시간이 그냥 여기서 딱 멈춰부렀으믄 쓰것네. 남편, 새끼들, 뒤치다꺼리하느라 내 시간이 있기를 항가, 여행을 맘껏 해보기를 했는가. 하고잡은 것 맘대로 함서 살게 시간이 딱 멈췄으믄 좋것어.

순심 호강에 초치고 있는 소리 하고 있네.

순영 언니!

순심 있는 그대로 살아. 인생 별거 있냐. 싫으믄 싫은 디로, 좋으믄 좋은 디로, 그냥 물 흐르대끼 사는 것이 질이여.

순영 (순심 본다)

순심 왜?

순영   언니, (심각하게) 도 닦어?

순심   아니, (장독을 닦으며) 독 닦아.

순영   푸하하. 그리고 보니 언니 도사 같아. 얼굴도 힉하고.

순심   뭐?

순영   (웃는다)

순심   해 끝이라 노을에 반사돼서 그라것제.

순영   개발되면 우리 석류나무 어떻게 하지?

순심   어떻게 되겠지.

순영   그나저나 우리집 옥상 정말 오랜만에 올라와 보네.

노을이 깊어진다.

순심   참, 너 된장 떨어졌다고 했지야. 올라온 짐에 퍼갈래?
         (장독 뚜껑을 연다)

순영의 코끝을 자극하는 냄새.

순영   (손가락으로 된장을 찍어 먹고 한동안 말이 없다)

순심   왜? 짜냐?

순영   …

순심   왜? 이상해?

순영   언니, 난 왜 이 맛이 안 날까? 엄마 생각난다. 엄마가
         담궜던 그 맛, 그대로네. 사실 작년에는 언니 된장이 좀

짭짤했거든.

순심　　그랬어? 그럼 말을 하지.

순영　　아냐, 그래도 먹을 만했어. 맛있었어.

순심　　소금을 잘못 썼는갑드라 구린내도 나고.

순영　　으짠지. 난 맛이 변했나 하고 암말도 앙코 그냥 묵었네.

순심　　올해는 메주가 잘 떠서 그랑가 때깔도 좋고 맛나지야?

순영　　난, 왜 이 맛이 안 날까?

순심　　콩이 좋냐 안. 웃꼴 동호아제가 여간 깐깐한 사람이간디, 콩이믄 콩. 고구마믄 고구마, 나락이믄 나락, 어디하나 허투루 농사짓든. 콩이 좋응께 된장 맛이 좋고, 된장 맛이 종께 장맛이 좋제.

순영　　아냐, 내 보기에 장독에 무슨 비밀이 숨어 있는 거 같어. 이 독에다가 된장을 담그믄 된장이 맛나고, 장을 담그믄 장이 맛나고, 김치를 넣으믄 김치가 맛나고, 싱건지를 넣으믄 싱건지가 맛나고… 글고 봉께 엄마가 담궈줬던 싱건지 생각나네… 고등학교 2학년 땐가 동지가 갓 지나고 눈이 펑펑 쏟아져서 왜 학교가 하루 동안 휴교한 적이 있었잖아. 하루 종일 집에 있을랑께 좀이 쑤시간디. 언 얼음 살포시 걷어 올리고 무시 몇 개랑 싱건지 국물을 떠서, 푹 삶은 고구마랑 묵는디, 워따 언니, 나는 여태 삼서 그때 먹었던 고구마랑 싱건지 맛을 잊을 수가 없당께. 아, 싱건지 국물. 으, 생각만 해도 뼛속까지 시원해진다. (입맛 다시는)

순심   그래. 나도 눈대중으로 엄마 맛을 많이 따라갔다고는
         생각혔는디, 아무래도 그 시절 묵든 싱건지 맛은 영 못
         내는 것 같어.

순영   이 독에 뭔 비밀이 숨어있을까?

순심   비밀?

순영   엄마랑 아조 궁합이 딱딱 맞는 독 아닌가. 이런 장독은
         아파트에 절대로 못 둬. 그러니까 이 독은 여기에 천년
         만년 남겨뒀다가, 우리집 상맛을 대대로 물려줘야 한당
         께.

순심   누가?

순영   언니제 누구여.

순심   입만 살아가지고. 내가 천년만년 살 것 같어. 니도 애기
         들 생각해서 직접 담궈. 엄마가 담궈 버릇해야 애들도
         난중에 엄마 맛을 찾제.

         순영, 번쩍 생각이 나서.

순영   참, 된장, 나 많이 퍼줘. 우리 애들이 이모 된장이라면
         자다가도 벌떡 일어나. 감자 넣고, 애호박 넣고, 청양고
         추 넣고, 두부 송송 썰어서 자글자글 끓이믄… 아, 입에
         침고이네.

순심   박서방은 안 좋아하냐?

순영   장모 제사 때 코빼기도 안 비친 박서방 뭐가 이쁘다고

많이 퍼줘.

순심   며칠 전에 다녀갔어 박서방.

순영   박서방이. 왜?

순심   제사 때 쓰라고 쇠고기 몇 근 떠서 왔더라. 오늘 출장 간담서. 잘 해. 박서방만한 사람 없어.

순영   나한테 암말도 없던디.

순심   원래 착한 일은 남 몰래 하는 거여.

순영, 계단을 타고 내려와 거실 안 부엌으로 들어간다.
건너편 골목에 가로등이 켜진다. 덕분에 무대는 어둡지만, 옥상은 조금 더 밝다.
바람이 분다.

순심   순영이는 그냥저냥 잘 살꺼잉께 걱정하덜 말어. 성깔이 좀 욱해서 그라제 뒷끝 없는 천상 순둥이여. 그라고 박서방이 워낙 잘 하고, 또 즈그 애기들도 말썽 피우는 놈 없이 공부도 잘 항가 안. 순철이? 순철이는 이따가 온다고 했응께, 올해는 엄마도 볼 수 있것네… 나는 바람처럼 휙 떠나불믄 그만이제. (가슴의 통증) 괜찮해… 아직은 숨 쉬는 것도, 침을 생키는 것도 암시랑토 안 혀.

순영   (안에서) 언니? 플라스틱 통이 하나도 안 보이는디.

순심   (장독에 쪼그려 앉는)

순영   (안에서) 언니?

순심   (겨우 겨우) 잘, 찾아봐.

순영   (안에서) 없어!

순심   찬장 뺏간 열어봤냐.

순영   (소리) 뭘 이라고 복잡하게 쌓아뒀대.

순영, 약봉투를 들고 나와서 흔들어본다.

순영   (무심코) 언니, 어디 아파? 약봉투가 산뜩이네.

순심   어, 어. 소화가 통 안돼서.

순영   부엌도 어수선하고.

순영, 약 서랍에 넣는다. 플라스틱 통 하나를 챙겨들고 나온다.

순심   그러게 니가 일찍 와서 전도 부치고, 생선도 굽고, 떡도
         찌고 그라제.

순영   (경대에 놓인 편지를 본다. 한동안 말이 없다)

순심   (거실 쪽을 내려다본다)

순영   (편지 읽는)

순심   뭐하니?

순영   …

순심   순영아?

순영   …

순심   애?

순영	(다짜고짜) 오빠 와?
순심	…
순영	오빠 오냐고?
순심	(순영 내려다보기만)
순영	언니?
순심	…
순영	순심 언니?
순심	… 그래.
순영	언니.
순심	그래. 온다고 와.
순영	차, 손님이 온다고. 그래서 묶은 수건까지 빨아서 널어 놨어. 혹 그 새끼가 싫어할까봐.
순심	순영아.
순영	(플라스틱 통 팽개치고) 된장이고 뭐고 갈래.

순영, 옷을 추슬러 입고 나갈 태세다.

순심	제사는?
순영	오빠 오면 같이 지내 난 몰라.
순심	박순영.
순영	뭐든지 맘대로야. 이민을 갈 때도 지 맘대로고, 올 때도 지 맘대로야.
순심	(옥상에서 내려오는) 내가 불렀어. 내가.

순영	왜? 그 새끼를 왜 불러.
순심	니 오빠야.
순영	난 그런 새끼 오빠로 둔 적 없어.
순심	너 정말… (가슴에 통증 그러나 참는)
순영	악마 같은 놈. 오면 소금을 확 뿌려버릴 거야 내가.
순심	뚫린 입이라고 말 함부로 뱉지 마.
순영	언니는 그 새끼가 뭐가 좋다고 불러들여. 어, 재개발 되니까 지 앞으로 뭐 떨어질 거 없나 하고 들어오는 거야. 그런 거야? 맞네. 아무리 오래된 주택이라도 시내에서 가까웅께 값도 잘 쳐줄 꺼이고, 조만간 요 앞 오거리로 지하철 들온 담서, 요새 집값 들썩들썩 한다는 소문도 돌고.
순심	순영아. 아냐, 그런 거.
순영	뭐시 아녀. 아니긴.
순심	우리의 상처도 저 나무에 박힌 옹이처럼 아물어야 하덜 않것냐.

순심, 순영이 들고 있는 옷을 받아서 마루에 내려놓는다.

| 순영 | 엄마 상 당했을 때도 그래. 호주에서 왔다는 핑계로 문상객들한테 고개 몇 번 조아리는 것밖에 더 했어. 뒤치다꺼리는 나랑 언니랑 박서방이 다 했다고. 지가 한 게 뭐야. 아들 노릇 제대로 한 적 있어. 따지고 보면 엄마 |

다리병신 된 것도, 다 오빠 때문이야. 지가 알긴 뭘 안
다고 총을 들고 설쳐. 1980년 5월 오빠 겨우 고등학교
3학년이었어. 머리에 피도 안 마른 나이었다고. 젊은
혈기에 왜 설쳐 설치긴.

순심　　그만해.

순영　　오빠가 총만 들고 다니지 않았어도. 우리 가족 행복하
게 살 수 있었어. 비록 아버지는 안 계셨지만. 이렇게까
지 개차반 되진 않았을 거라고.

순심　　다 지난 일이야.

순영　　억울해서 그래. 억울해서. 특별법 만들어지고 엄마 앞
으로 나온 보상금도 전부 오빠 밑구녁으로 들어갔잖아.

순심　　엄마가 결정한 거야. 그 돈. 내 돈도, 니 돈도 아닌, 엄
마 다리병신 됐다고 국가에서 배상한 보상금이었어.

순영　　그러니까 더 억울하지. 엄만, 당신 앞으로 단 한 푼도
쓰지 않았어. 왜 오빠 앞으로 다 쑤셔박아. 그래놓고 사
업이나 잘 했어. 다 말아먹고, 휙 하고 호주로 떠났잖
아.

순심　　그래서? 그래서 넌 어떻게 할 건데?

순영　　뭘?

순심　　계속 이렇게 떨어져서 원수처럼 살래?

순영　　갈라네. 난 감정이 아직 그래. 미안해.

순영, 대문을 열고 나가는데 그 앞에 순철이 서 있다.

순철   (안으로 들어선다)

순심   … 순, 순철아…

순철   (멀뚱하게 쳐다보는)

순심   언제부터 거기 서 있었냐. 왔음 들오제.

순철   뭐해? 소금 뿌리지 않고.

순영   (외면하는)

순철   야, 석류. 우와. 순심이 나무, 너 오랜만이다. 누이, 우
       리 석류나무 더 큰 거 같네. (나무 보며) 순심아, 순심아.
       내가 왔다. 순심아.

순철, 단숨에 옥상으로 올라가 석류를 딴다.
순영이 대문 밖으로 나가려한다. 순심이 옷자락을 잡는다.
순철, 석류를 반으로 쪼갠다. 보석처럼 박혀있는 알맹이를 입
으로 빨아들인다.

순철   아. 맛있다.

순영   (씩씩거리는)

순철   응. 허허. 맛있어.

순영   미친놈.

순철   장독들도 여전하고, 기왓장으로 맞닿아 있는 지붕들도
       그대로고, 여긴 예나 지금이나 똑같네. 응?

순심, 대문을 닫고 그 앞에서 막는다.

순철 맛있네. 호주 과일은 뭘 먹어도 느끼해서 금방 뉘났는디.

순영 (나직이) 미안해 갈래. 웃고 있는 저 모습을 봉께 속에서 더 열불나네.

순심 순영아.

순철 (내려오며) 박순영, 쌀쌀맞기는… 성깔 여전하네. 엄마 돌아가시고 십년 만이다. 인사는 하고 가라.

순심 그래. 들어가자들. 응.

순철 야, 박순영.

순영 내 이름 함부로 부르지마 더러워져.

순철 (단번에 내려와) 뭐?

순영 너랑 말 섞는 것도 역겨워.

순철 이게 정말. 누군 여기 오고 싶어서 온 줄 알아. 누나 뭐야? 초장부터 왜 문전박댄대. 얘 뭔데 나한테 눈 부릅뜨고 지랄이야 지랄이.

순영 지랄? 누가 누구한테 지랄이래 지랄은. 지랄은 니가 하고 다녔어. 알아.

순영, 순철 금방이라도 엉겨 붙어 싸울 태세다.
그때 대문이 스르르 열리고, 엄마가 들어선다.

순심 엄마.

엄마 (그냥 웃는)

순영·순철 (순심을 본다)

순심 엄마 오셨다.

순영 … ?

순철 ? …

순심 니들 그만 싸워. 엄마. 애들 지금 싸우는 거 아냐. 너무 좋아서 그래. 오랜만에 모탰응께 을매나 할 말들이 많 것는가. 춥지라우? 언능 드 갑시다. (동생들 보며) 뭐하 냐. 엄마 안 모시고. 언능.

엄마 (웃기만)

순심 … 우리 엄마 죽어서도 다리를 저네.

순철 (동시에) 누나.

순영 (동시에) 언니.

암전.

희미한 빛, 무대 전환하는 배우들 모습 어렴풋이 보인다.

음악이 흐른다.

2장. 밤

음악 잦아들면, TV 뉴스 들린다. 전두환 은닉 재산에 대한 뉴스.

순철은 지방(紙榜)을 쓰고 있다.

뒤쪽에 앉아 밤을 깎는 순영, 그러다가 제기를 닦아 상 위에 올린다.

엄마는 한쪽으로 치워진 소파에 앉아 곤히 자고 있다. 뉴스 소리 잦아들면서…

순심   엄마가 먼 길 오시느라 피곤하신갑다?

순영   (순심을 보는)

순심, 담요를 꺼내와 엄마를 덮어준다.

순심   애기맹키롱 암 말도 안코 푹 주무시는 것 잔 봐야.

순철   누나.

순심   이 먼 곳까지 오느라 얼마나 다리가 저릴꼬. (엄마의 발 주무르는)

순철   적응하기 힘들잖아.

순영   언니.

순심   (여전히 발을 주무르는)

엄마   (눈을 감고) 이, 이. 간지라.

순심   알았어. 조금만.

순영   언니?

순심   (발만 주무르는)

순영   언니!

순심   응? 왜?

순영   언니. 제발. 왜 그래.

순심   왜? 뭐?

순영   정말 엄마가 보이는 거야. 분위기 어색하니까 연극하는
         거야.

순심   쉿! 잠 깨실라.

순영   언니!

순심   엄마도 앙갑제. 순철이가 온 것을. 긍께 저라고 편안하
         게 주무시제. 해마다 다녀가심서, 음식이 짜네, 다네,
         싱겁네, 소금 잔 더 치제, 떡이 설익었네, 식혜를 할 때
         는 엿지름을 좋은 걸 써야 되네, 고춧가리를 빻을 때는
         맵더라도 그 자리를 지키고 있어야 하네. 하이고, 잔소
         리만 늘어놓더니. 오늘은 밸라도 얌전하시다야.

순영   (한숨)

순철, 어색한 상황을 바꿔보려고 과장되게 입을 연다.

순철	명필이네. 누이, 나 없을 땐 지방 누가 썼나?
순심	(순영이가 했다는 턱짓)
순철	(깎아놓은 밤을 우걱우걱 씹어 먹는) 맛나네. 밤. 햇밤인가.
순영	애써서 깎아놨더니, 하여간 주서먹는 것은 선수여. (뺏는)
순철	왜 그러냐 유치하게.
순영	유치? 그래, 니 눈에는 내가 퍽도 유치하겠다.
순철	야!
순영	소리지르자마. 어따 대고 큰 소리야.
순철	이게 정말.
순영	나 지금 기분 좋아 이러고 있는 거 아니야. 언니 봐서 참고 있는 거야. 심사 건들지 마.
순철	이게 아까부터, 너 계속 이렇게 나올래. 어!
순영	(무시한다)

부엌 압력밥솥 방울이 돌아가는지 소리 경쾌하다.

순심	얘, 얘. 순영아, 밥솥 돈다. 불 좀 꺼라.
순영	(부엌으로 간다)
순철	보자보자 하니까.
순심	… 애들은?
순철	…
순심	다들 잘 있지?

순철   (화를 삭이는)

순심   학교는 잘 다니고?

순철   … 그렇지 뭐.

순심   올케는?

순철   응?

순심   건강하고?

순철   그렇지 뭐.

순심   연락 좀 하지.

순철   그렇게 됐네.

순심   사업은?

순철   그냥, 저냥.

순심   애들 잘 키우고, 잘 살았으면 됐다.

한참 사이.

순철   누이는?

순심   응?

순철   누난 어떻게 지냈어?

순심   나?

순철   그래. 여태 혼자야?

순심   (웃는)

순철   왜?

순심   이 나이에, 누가 나를 데려가겠니.

순철	왜 그래. 아직 한창이구만.
순심	그렇게 보이냐.
순철	분바르고, 밍크 걸치고, 명품백 하나 들고 나서면, 뭐 그럴싸하겠네.
순심	다 때가 있는 법, 에둘러 말 안 해도 내 몸 시든 거 다 안다. 지는 꽃 어떤 벌 나비 쳐다 보겄냐.
순철	왜 그럴까. 내가 품질 보증할 테니 누구든 만나. 만나고 보는 거야. 뭐 어때.

순영 김나는 하얀 밥을 가져 온다.

순영	언니가 여태 왜 혼자 사는데…
순철	말끝에 뼈가 서려있다. 너.
순영	언니 결혼자금까지 털어서 너 이민 갔잖아.
순심	얘, 그만해.
순영	언니가 왜 여태 혼자 살았는지 몰라서 물어, 너 바보야? 천치야? 아님, 머저리야?
순심	그만하라니까 다 지난 일이래도.
순영	언닌 저 새끼한테 억울하지도 않아. 언니 그 남자 좋아했잖아. 혼수 준비한다고 엄마랑 백화점 돌아다니면서 이불도 보고, 가전제품도 고르고, 하다못해 그릇까지 꼼꼼하게 챙겼잖아.
순심	인연이 아닌 사람이었어.

순영   오, 인연도 아닌 사람이었는데 결혼 파토나고 땅이 꺼
지도록 꺼이꺼이 울었어. 저 새끼 이민 간다고 언니 결
혼자금까지 바리바리 싸들고만 갔어. 그때 결혼만 했어
도 언닌 지금 한 남자의 아내로 엄마로 살아가고 있을
거라고? 그런 니가 언니한테, 뭐, 지금이라도 남자를
만나. 너 말 참 쉽고 짧다.

순철   (순영 멱살 잡는)

순영   치겠다 너.

순철   계속 깐족댈래.

순영   왜? 왜? 억울하면 가서 성공이라도 하지. 왜!

순심   (눈물을 훔친다) 그만해. 엄마 보고 계셔.

사이.

순심   오늘은 그냥 차분하게, 오랜만에 만났으니까, 제발. 응.

순철   (뿌리친다) 에이. 씨.

사이.

순심   뭐해. 상 안 차리고. (한쪽으로 가서 통증을 누르고 있다)

순영   언니?

순심   가뜩이나 소화가 안 돼 힘들구만, 너희들까지 왜 그러
냐 애들같이.

그들, 상을 차린다.

순철   (향을 피운다)

순영   (잔에 술 따라 올린다)

그들, 예를 갖춰 고개를 조아려 절을 한다.
엄마 후미진 구석에 앉아 눈물을 찍는다.

순심   울긴 왜 울어, 이 좋은 날.

엄마   좋아서 운다. 좋아서.

순영   언니, 나 그만 갈게. 오늘 정말 적응 안 된다. 언니도 좀
이상하고, (순철 보며) 저 인간 보고 있자니 울화가 터지
기도 하고.

순철   아니, 내가 갈게. 어차피 불청객은 나다. 기름처럼 둥둥
떠 있는 내가 가마.

순철, 짐을 추스르고…

순심   (사이) 좋아. 가. 가더라도 앞으로 엄마 제사랑 아버지
제사는 순철이 네가 가져가.

순철   아니, 갑자기 제사 얘긴 왜 꺼내. 알잖아. 내 형편.

순심   그리고 순영이 너 아무리 부정해도 순철이 네 오빠야.
그거 인정해.

순영	저런 새끼 보고 나더러 오빠라고 부르라고. 차라리 지나가는 개를 보고 오빠라고 하겠다.
순철	(순영 뺨을 때리는) 보자보자 하니까. 뻗으면 다 말인 줄 알아!
순영	야! 왜 때려. 왜. 이, 개만도 못한 새끼야.

순영, 순철의 멱살을 잡고 놔주질 않는다.
마루에서 한바탕 마루에서 딩구는 순철과 순영.
보다 못한 순심, 술을 두 사람에게 뿌린다.

순철	앗, 차거.
순영	언니!
순심	애들처럼 꼭 그렇게 치고 박고 싸워야겠냐.
순철	쟤, 꼬라지 보고도 그런 말이 나와.
순심	참아.
순철	(동시에) 누나!
순영	(동시에) 언니!
순심	나도 평생을 참고 살았어.
순철	(씩씩댄다)
순영	으이그, 씨.
순심	이렇게 싸우믄 어떻게 하리? 말해봐라. 내가 니들한테 뭘 어떻게 해줄까. 십년 만에 만난 남매 재회가 기껏 이거냐? 우리 집안 정말 이 정도밖에 안 되는 콩가루였

어. 나 니들 어떻게든 화해시키려고 다 보자고 했다. 할 이야기도 있고. 그런데 이게 뭐냐? 입이 있음 말을 해 봐라?

순철 미안해.

순영 난, 내 인생에게 박순철이라는 이름 석 자 지우고 산 지 오래됐어.

순철 도대체 내가 너한테 뭘 그렇게 잘못했냐. 엉?

순영 그래, 넌 항상 그렇게 당당하더라. 너만 아니었으면, 설치지만 않았으면 이렇게까지 안 됐어.

순철 내가 뭘?

순영 왜 총을 들고 설쳐 설치길.

순철 나만 들었냐? 이 도시에 살던 건장한 남자라면 다 들었어 총.

순영 넌 고등학생이었어 그때.

순철 친구들이 총에 칼에 몽둥이에 죽어나가는데, 그럼 가만보고만 있어. 최소한 비겁자로 살고 싶진 않았어.

순영 비겁자. 너 때문에 엄마가 총에 맞고, 평생 다리를 땅에 끌고 다니며 살았어. 그깟 비겁자란 소리가 뭐 어때서. 총을 맞으려면 총 든 네가 맞았어야지, 왜 애먼 엄마가 맞아.

순철 차라리 그때 도청에 남아 끝까지 싸울 걸.

순심 …

순철 장렬하게 죽었더라면 순영이 네 인생이 더 행복했겠냐.

순영　(단호하게) 그래.

순심　순영아. 마음에도 없는 소릴 왜.

순철　허. 나라고 고통이 없었겠냐. 어차피 난 살아가는 내내
　　　　비겁자로 낙인 찍혀있어. 나만 살겠다고 도망쳤으니까.
　　　　매일 밤 쫓기는 꿈을 꾼다. 뛰어도 뛰어도 다시 그 골목
　　　　길 모퉁이. 아무리 뛰어도 난 벗어날 수 없어. 시시때때
　　　　로 그때의 악몽이 떠올라 잠들 수 없다. 아까 택시를 타
　　　　고 오는데, 금남로 도청 앞, 그 음습했던 새벽이 떠올라
　　　　소름 돋더라.

　　　　멀리, 총소리 들린다.
　　　　순철의 환영으로 들려오는 그 날의 상황들.
　　　　순심, 순영, 먼 하늘을 본다. 마치, 그 날의 일들이 떠오르는
　　　　듯.
　　　　총소리 가깝게 멀리서 들려온다.
　　　　무대 어두워지면, 가두방송을 하는 여인의 안타까운 소리, 소
　　　　리, 소리.
　　　　순철에게 떨어지는 작은 조명, 그는 과거의 모습을 객관자의
　　　　시선으로 보고 있다.

소리　광주시민여러분. 우리를 지켜주십시오. 우리는 반드시
　　　　승리할 것입니다. 위대한 광주시민 여러분, 우리의 싸
　　　　움을 기억해주십시오. 지금 계엄군들이 광주시내로 쳐

들어오고 있습니다. 총을 든 시민여러분들은 도청으로
집결하십시오. 시민여러분, 시민여러분…

방송 멀어지면, 무대 밝다.

3장. 과거

어린 순영, 이불을 뒤집어쓰고 벌벌 떨고, 엄마는 대문을 나서려고 한다. 그러면 순심은 엄마를 말린다.

엄마　　나가야 혀. 나가 봐야 혀.

순심　　엄마, 안 돼. 나가먼 죽어.

엄마　　순철이가 배깥에 있는디, 우리 순철이가 도청에 있을 거여. 내가 나가봐야 제. 에미를 을매나 애타게 찾고 있것냐.

순심　　내가 나갔다 올게. 엄만 안 돼.

엄마　　니가 왜 나가. 내가 나갈 거여. 내가.

순심　　안 돼. 엄마도 죽어.

엄마　　오메, 순철이 아부지. 제발, 우리 순철이만 살려줏쇼.

　　　　들리는 총소리.
　　　　두 모녀 껴안고 마당에서 벌벌 떤다.
　　　　탱크의 진동 소리, 소리.
　　　　기관총소리들.

엄마　　저것들이 탱크로 다 밀어 불랑갑네. 다 죽여불랑갑서.

오메, 오메… (기어이 대문을 열고 나가려는데)

순심 엄마! 그러면 같이 나가.

어린 순영, 이불을 뒤집어 쓴 채, 뛰쳐나와 대문을 막아선다.

순영 가지마. 나, 무서워.

엄마 …

순심 순영아.

순영 무서워…

엄마 내가 미친년이다. 내가 죽일 년이여. 순철이를 애초에 못 나가게 했어야 혔는디, 내가 말렸어야 혔어. 다리 몽뎅이라도 분질러서 다시는 밖으로 못 나게 했으야 혔당께. 오메, 오메. 나는 우째야 쓰까이. 죽어서 늑 아부지 보믄 뭐라고 하까이. 순철이 아부지 지발, 삼대독자 우리 순철이잔 살려줏쇼, 예? 순철이 아부지…

순심 엄마…

엄마 전쟁도 이런 전쟁이 없네. 생지옥도 이런 생지옥이 읎어.

순심 엄마, 차라리 내가 나가볼게. 도청에 가서 순철이 데꼬 올게, 안 오믄 머리끄댕이라도 끌고 오께. (대문을 잡고 당기는)

순영 (꼼짝 않고 그 자리에서 버티는)

순심 순영아, 비켜.

순영   (고개만 젓는)

순심   오빠, 살려야제. 순철이, 대꼬와야제.

순영   (울기만)

순심   오빠 살려야 쓰꺼이 아니냐.

순영   그라다 다 죽어… (여전히 울기만)

침묵.

총소리도, 아무런 소리도 들리지 않는다.

세 모녀 뭔가에 이끌린 듯 허공을 응시한다.

간헐적으로 들리는 총소리.

멀리서 누군가의 비명소리 들렸다 사라진다.

순심   다 끝나붓는 갑네.

엄마   안 돼야. 안 돼. 우리 순철이를 봐야 돼.

엄마, 옥상으로 올라간다.

엄마   순철아, 순철아.

엄마, 옥상 난간에 손을 잡고 고개를 길게 빼서 도시를 내려
다본다.

폭탄보다 크게 들리는 총소리 "탕!"

엄마　　　헉…

석류나무 굵은 가지 하나, 총에 맞고 꺾인다.

엄마　　　어.
순심　　　(옥상으로 달려간다) 엄마!
엄마　　　(허벅지를 손으로 감싼다)

이와 동시에 격하게 들리는 대문 두드리는 소리. 어린 순철
(이하 '어린')이다.

어린　　　(다급하지만 나직이) 엄마! 문 열어. 문. 나여 나. 순철이
　　　　　여. 언넝, 빨리 열랑께…
엄마　　　… 순, 순철아. 문 열어. 문…

순영, 문을 연다.
총을 들고 들어서는 어린순철, 얼굴에는 땀으로 범벅이 됐다.
조명 속 순철, 격하게 흔들리더니 외마디로 자신의 이름을 부
른다. "순철아, 차라리 그때 죽어불제. 모지란 놈."

순심　　　순철아.
어린　　　엄마, 왜, 그래. 왜?
순심　　　어짜믄 좋으냐, 어짜믄 좋아. 엄마, 엄마, 정신차려,

엄마…

엄마 쉿! 총, 그 총…

순영 (얼른 대문을 닫는다)

엄마 숨겨, 니 총말이여…

순철, 어린 순철의 총을 빼앗아 석류나무 아래 흙을 판다. 그리고 그 속에 총을 숨기고, 화분이나 벽돌 등으로 숨긴다.

엄마 멀리 도망가부러. 암도 모르는 디로 내빼불란마다. 언넝.

순철, 그리고 그 자리에 주저앉는다.
순영, 옥상으로 올라가 담요로 엄마를 덮는다.

순영 피, 엄마, 피… (우는)

어린, 옥상으로 올라가 엄마를 업고 내려온다. 엄마, 고통스러워한다.

순심 엄마, 병원 가자. 병원 가.

어린 안 돼. 지금 밖에 나가면 폭도로 몰려 다 죽어. 개죽음 돼. 어른아이 할 것 없이 닥치는디로 죽이고 있어. 사냥을 하고 있당께.

엄마	… 나는 되았다, 나는 되았어, 순철이 살아 돌아왔응께…
어린	엄마, 말 하지 마.
순영	(울기만)
엄마	내 새끼… 살아 돌아왔음 됐다… 내 새끼…

여명이 밝아온다.
아침 공기를 가르며 계엄군의 방송소리(당시 실제 아나운서가 라디오에서 했던 그 내용이어야 한다) 선명하다.

순심	일단 지혈을 해. 넌, 들어가서 깨끗한 수건을 내오고. 순영이 넌 물을 끓여.
순영	(울기만)
순심	어서.
순영	(어찌할 바를 모르고 당황하는)
순심	내 말 안 들려. 빨리!

순영, 얼른 안으로 들어간다.

순심	피가 멈추질 않아.
엄마	(순심의 손을 꽉 잡는다)
어린	엄마, 죽지 마. 내가 잘못 했어…
엄마	그랴… 그랴…

누군가 대문을 두드리는 소리.

순철, 순영, 엄마 눈치를 보고 몸이 굳는다.

긴 암전.

4장. 현재, 새벽

여전히 들리는 대문 두드리는 소리.

순영   (소리) 박순철, 박순철.

무대 밝아진다.
순영 마당에서 대문을 두드리고 있다.
순심과 순철은 제상 앞에, 엄마는 자고 있다.
어린 순철은 엄마 발을 주무른다.

순영   여기 박순철 집 맞소? 동에서 나왔소. (변하며) 박순철, 박순철, 여기 박순철이 집 맞소? 정보과서에서 나왔습니다. (변하며) 박순철, 박순철 함부로 주둥이 나불대지 말고 살아. 까딱 잘못 하면 죽는 수 있다. (순영으로 변해) 하루가 멀다 하고 이놈 저놈 즈그 집 안방 들오대끼 찾아와. 뻑하면 대문을 두드리고, 발로 차고, 엄마를 끌고 가, 언니를 끌고 가, 중학생이 되고, 고등학생이 될 때까지, 그놈들 내 뒤까지 악착같이 따라댕겼서. 잘난 오빠 둔 덕에, 우리 가족들이 당한 고통, 난 지긋지긋해. 그래서, 그래서 내 인생에 박순철이라는 이름 석 자 지우고 살아. 난, 오빠 너 호주로 이민 갈 때 쾌재를 불렀다. 잘됐다고. 만세를 불렀어. 허, 근데. 엄마가 국가에서 나온 보상비까지 다 오빠 뒷구멍에 쑤셔 박았더라. 우리 엄마. 불쌍한 우리 엄마, 허벅지에 총 맞고, 변변한 치료도 제때 못한 우리엄마. 잘난 아들이 뭐가 좋다고… 억울하고 분통터져서…

어린 미안해 누나. 정말 미안해.

순철 미안하다 순영아.

순영 (제상 위에 대추를 집어 순철에게 던진다) 이, 웬수. (운다)

순철 피 튀기던 그 날 새벽. 함께 외곽을 돌던 아저씨가 다급하게 나를 찾아와서는 다짜고짜 나가라고 했다.

어린 왜요? 왜 제가 나가야 됩니까. 왜?

순철 (뺨을 때리고) 살아. 살아서 오늘을 증언해야 할 게 아니냐. 어서 나가!

어린 아저씨.

순철 엄마를 생각해라. 가, 인마. 언넝!

어린 아저씨!

순철 어서.

어린 싫습니다.

순철 (어깨를 후려친다) 가 새끼야. 꺼져. 뒤도 돌아보덜 말고, 달려. 살아라 꼭.

어린, 순철과 이별하고 사라진다.

순철 광주를 떠나야혔어. 이 도시를 뜨지 않고는 도저히 살아갈 자신이 없었다. 매일 매일 시달리는 악몽. 함께 총을 들었던 사람들이, 나를 찾아와, 배신자, 배신자, 이렇게 손가락질 하곤 사라졌어. 항쟁이 끝나고 상무대로 끌려가서 군법회의에 넘겨지고, 일 년을 복역하고 나왔지만. 난 이미 사회의 낙인자라 그 어디서도 일자리를 구할 수 없었어. 눈을 마주치면 사람들이 나를 피해. 왜? 내가 무서워서? 아니야 나랑 이야기를 섞으면 그들이 피해를 보기 때문이었제. 내가, 이 박순철이, 고등학교 3학년 밖에 안 된 박순철이 총을 들고 싸울 수밖에 없는 세상을 원망했다. 총을 든 걸, 후회했다. 시간이 가고 또 가고, 학살자들이 역사의 심판대에 올라서서도 난 두 발을 뻗고 잠을 못 잔다.

순영 이 바보야. 권력을 침탈했던 군인들은 아직도 떵떵거리며 살아. 억울하게 고통 받는 건 여전히 우리들이라고. 알아?

순철 씨발, 울 엄마 보고 싶네.

순영 염병하네. 사람 심사 들었다 놨다. 그라믄 살아 계실 때 잘 하제. 웬수.

순철 호주로 가면 다 잊어불 줄 알았는디, 그것도 아니더라. 실은 나, 아직도 정신과 치료 받고 있어. 좀 훌훌 털고 자유를 얻고 싶은데, 그게 안 되네.

순영 외상성신경증. 80년 5월을 겪은 광주사람 죄다 트라우

마에 시달려. 어느 심리학과 교수가 쓴 논문을 봤는데, 광주사람들은 5월만 되면 우울하대.

순철   (본다)

순영   왜? 나라고 없을라고.

순철   피 한 방울 안 나올 것 같은 니가.

순영   석류꽃 피기 시작하는 5월만 되면 울렁증 때문에 견딜 수 없어. 나이를 먹으면 없어질 줄 알았는디…

순철   똥물까지 토해내도 끝없이 올라오는 울렁증, 환장하고 또 환장하제. (갑자기 소리치며) 대가리 박어 개새끼야, 원산폭격! (마루에 머리를 박는) 기어. (밀고 기어간다) 기어 개새끼야. (머리를 박은 채 기어간다) 바지 벗어, (그 상태에서 바지를 벗는다) "나는 인간이 아닙니다. 나는 개새 낍니다. 나는 폭도입니다!" (변하며) 짐승이고 싶었다. 아침에는 전기고문, 오후에는 매타작, 밤에는 물고문. 나는 통닭이 되었다가, 박쥐가 되었다가, 도살장에 끌려가는 소새끼가 되었다가… 상무대 차디찬 시멘트바닥에 돼지처럼 웅크려 차라리 날 죽여주십시오. 하나님, 당신이 살아있다면 제발 날 죽여주십시오. 수도 없이 기도했다.

순철, 다시 바닥을 기어다닌다.

순심   그만 해. 순철아, 그만 해.

순철   그때 내 나이 겨우 열아홉이었다.

순영   (긴 한숨. 울분이 올라오며 격해진다)

순철   엄마 돌아가시고, 호주에서 건너와 검은 상복을 입고 우두커니 앉아 있는디, 모든 문상객들이 나한테 욕하는 거 같어. 니가 느그 엄니를 죽였이야. 니가 느그 엄니를 죽였어. 비웃고, 침을 뱉는 거 같았어. 버러지, 기생충 같은 놈.

순영   …

순심   (바지를 올려주는)

순철   내가 뭘 잘못 했냐. 뭘?

순영   그만 해.

순철   이 악몽에서 언제쯤 깨어날까? (사이) 엄마, 나 때문에 다리병신 된 엄마, 정신을 차리자, 정신을 차려. 엄마가 아니었으면 이미 죽은 목숨이다. 살아야 한다. 악착같이 살아야 해. 숨을 쉬자. 숨을…

순철, 숨을 가다듬는다.

긴 사이.

순영, 순철에게 술을 권한다.

순철   고맙다.

순영   미안해.

순심   동이 튼다.

순영 · 순철 (하늘을 본다)

순심 정말 오랜만이다. 우리 이렇게 모여 아침을 맞이하는 거이.

순영 새벽하늘은 그때나 지금이나 같네 뭐.

순심 … 니들하고 엄마 제상 봤더니 시간 가는 줄 몰랐다.

침묵.

순심 느그들 그거 아냐?

순영 · 순철 (본다)

순심 우리엄만 생각보다 훨씬 강한 사람이었어. 봄이 가고, 여름이 왔제. 그해 여름은 징허니도 방역을 많이 했다이. 공수부대가 물러남서 2수원지에 시체를 버리고 갔다는 소문이 온 도시를 휘감았응께. 민심은 흉흉해지고, 도시의 모든 사람들이 눈빛으로 이야기를 나누고. 어디 가서 말도 함부로 못 꺼낼 때여. 가뜩이나 먹고 살기 힘든디 우리집은 어쨌것냐. (사이) 집에 식량은 떨어지고 읎제. 순철이 쟈는 어디로 끌려갔는지 감감 무소식이고, 엄마는 아물지 않는 다리를 끌고 (순철 보고) 니 행방을 수소문하고 다녔시야. 어느 날인가 동사무소에서 집집마다 정부미 두 되씩을 준다여. 어짜것냐 목구녕이 포도청이라, 옆집 아줌마랑 동사무소 가서 한 반나잘 줄을 슨 다음 그 쌀을 타왔이야.

잠을 자던 엄마 벌떡 일어난다.

조명이 확 바뀐다.

엄마   니 시방 고것이 뭣이냐.

순심   쌀인디.

엄마   누가 쌀인지 몰라서 묻냐. 이 쌀이 순철이 끌려가고 바
꾼 쌀이여, 니 에미 다리 빙신 됐다고 나라에서 준 쌀이
여. 맷돌로 갈아 마셔도 시원찮을 놈들이 즈그들 잘못
감출라고 눈 개리고 아웅하는 거랑께. 그란디 남도 아
닌 니가 이 쌀 같잖도 않는 쌀을 타와야. 이 쌀로 밥을
지으믄 등 따시고 배부르것냐?

순심   엄마, 난…

엄마   갖다 띵개부러라. 굶어 죽었으믄 죽었제, 그놈들이 주
는 쌀 한 톨도 내 입에 안 털어 넣을란다. 언능!

순영   그래서 으쨌는가?

순심   바깥 하수구에 내다버렸다.

순영   강단지네 울 엄마.

엄마   순심아, 나 장사 할란다.

이것저것 챙겨서 나가려는 엄마.

엄마와 순심을 보는 순철, 순영.

엄마   우쭉케든 살아야 쓸 거 아니냐.

순심   엄마, 그 몸으로 어딜 간다고 그래.

엄마   (다리를 끌며 마당으로)

순심   아직은 무리여. 그라다 탈 나.

엄마   울화가 터져 못 살것다. 내 아들이 뭔 죄냐. 우리 순철이가 뭔 잘못을 했어. 즈그들이 즈그들 맘대로 대통령해묵고, 장관 해묵고, 나라가 즈그들 곳간이냐. 집에 들어온 도둑놈들을 때려잡아도 국가에서 상을 내리는 법이다. 혈기왕성한 젊은 놈이 불의를 보고 달려든 것이 죄믄 내가 숨 쉬는 것도 죄다. 저놈들한테 복수를 할라도, 힘이 있어야 복수를 하제. 이라고는 못 살것다. 분하고 원통해서 못 살것어. 좌판을 깔고 생선을 팔아서라도 느그 삼남매 먹여 살릴팅께 니는 아무걱정 말고 집단속이나 잘 해라. 알았냐.

순심   엄마, 몸 좀 생각해.

엄마   웃꼴 동호아제 먼 친척이 양동시장 어물전서 장사를 한다드라 산 입에 거무줄이야 치것냐.

장사 나가는 엄마를 바라보는 삼남매.

사이.

조명 다시 바뀐다.

제사상을 치우기 시작하는 순영. 그를 돕는 순철.

순심   엄마는 순철이 네 생각밖에 없었다. 사는 동안 내내…

순철 (갑자기 울컥) 엄마… 미안해 누나. 앞으론 연락 잘 하고 살게.

순심 앞으로? 그래, 앞으로…

순철 80년 5월의 끈이 그리 호락호락 내 삶을 놔 주딜 않네. 독립운동하면 삼대가 망한다는 말, 이해가 가. 그래서 내 아들놈한테는 그랬네. 너는 불의를 봐도 절대 달려들지 마라. 불나방은 불에 타 죽는다. 모난 놈이 정 맞는다. 조금은 비겁하더라도 돌아서 가라.

순영 그렇게 떠났으면 보란 듯이 성공하지. 바보같이 왜 그렇게 사냐.

순심 (통증을 감춘다)

순철 호주 시드니에도 5·18기념사업회 같은 단체가 있더라.

순영 몰랐네. 뭐야, 그럼 오빠 거기에서 사업한 거 아니었어?

순철 사업도 하고, 그쪽 시민단체에서 일도 하고.

순영 감쪽같이 속았네.

순철 숙명이더라. 내 삶은 80년 5월과 뗄 수 없는 그런 거.

순영 미치겠다.

순철 이젠 들어오고 싶어. 애들이야 학교 문제 때문에 당분간 호주에 있더라도. 와서, 엄마 아부지 산소도 잘 돌보고, 누이랑 밥도 자주 먹고.

순영 챠. 속들었네. 나이 오십에.

순철 그러게 말이다. 왜 이제사 철이 들었을까 나이 오십에.

순영 후회하지.

순철   뭐가?

순영   그때 총 든 거.

순철   한때는. 지금은 아냐.

순심   그려. 누가 뭐래도 우리는 당당해지자. 비온 뒤 땅 굳는다고, 네 아들놈이 니를 꼭 알아줄 그런 날 올 꺼이다.

통증 때문에 부엌으로 들어가는 순심.

순영   난 미워. 아무리 오빠 네가 철이 든다 해도. 모든 것을 파괴시켜버린 네가 미치도록 뵈기 싫어. 결기를 삵이고 조금만 참았더라면 엄마도 우리도 아무런 문제없이 행복하게 살았을 거인디.

순철   만약, 그랬다면 지금도 깡패 같은 군인들이 판을 치며 정치하고 있것제.

순영   당장 먹고 살기도 팍팍한 사람들한테 그런 류 따위는 문제도 아니여. 민주주의가 밥 먹여주냐. 정권이 바뀐다고 거지가 벼슬아치가 돼. 당장 애들 밥 챙기러 가야 하는 내 팔자를 보라고.

순철   그건 맞는 말이다. 네 말.

순영   당분간 여기 있을 거지. (일어선다) 언니. 나, 갈래. 애들 챙겨야제. 음식 좀 싸줘. 된장도.

순영, 가방에서 보를 꺼내 부엌으로 간다.

순영	(소리) 언니! 왜 그래. 순심 언니.
순철	(놀라 안으로 들어간다)
순영	(소리) 정신차려봐. 언니.

순철, 순심을 부축해 구석 소파에 앉힌다.

| 순심 | 괜찮아. 소란 떨지 마. 물이나 다오. |

순영, 물을 내오면 약을 먹는 순심.

| 순철 | (순심이 손에 든 약봉지를 확인한다) 누이, 이건? |
| 순영 | 그게 뭔데? |

짧은 순간 침묵이 흐른다. 순철, 무겁게 입을 뗀다.

순철	언제부터 이 약 먹었어?
순영	무슨 약이냐니까?
순철	가만있어봐 좀. 누나, 응?
순심	좀 됐어.
순철	왜 말 안 했어?
순영	오빠, 그 약이 뭐길래 그래.
순철	항암제.
순영	뭐?

순철	금방 나을 수 있는 거야? 말해봐?
순심	순영이 너 어여 가. 애들 기다려.
순영	학교 하루 안가면 지구가 망하냐.
순철	얼마나 됐어?
순영	당장 병원에 가. 박서방이랑 친한 의사 있어.
순심	박서방도 알아.
순영	뭐? 그런데 왜 나한테 말을 안 했어. 둘 다.
순철	그래서 나 들어오라고 했능가. 누나.
순심	(끄덕)
순철	(손을 잡고) 누나, 병원에 입원합시다.

순영, 전화를 들어 건다. 화부터 내는 순영.

순영	왜 말 안했어… 잠을 깨우긴 누가 잠을 깨워. 당신이 그러고도 내 남편이야. 지금 아침이 중요해. 애들 밥 한 끼 굶는다고 죽어. 당신이 차려줘. 내가 밥 차리는 기계야. 언니 아 풍거 언제부터 알았어 당신? 사람 이렇게 벙찌게 만들어도 되는 거야. 당신이 우리 언니 살릴 거야?… 알았으면 제일 먼저 나한테 얘길 했어야지… 나한테 언니가 어떤 의미인지 당신이 몰라서 그래. 언니는 언니가 아니라 엄마라고 엄마. (분에 못 이겨 끊는다)
순심	넌, 그 성깔 좀 고쳐. 니 자식들이 고스란히 다 배워.
순영	옷 입어. 병원 가.

순심 (고개를 젓는)

순영 병원 가. 가야 해. 엄마도 병원에만 빨리 갔어도 그렇게
까지 심하게 다리 절지 않았을 거라고. 현대 의학이면
암 극복할 수 있어. 옷 방에 있지. (방으로 들어간다)

순심 순철아. 미안하다.

순철 누나, 왜 누나가 미안해. 내가 미안하지.

순영, 옷을 꺼내 순심에게 입히려 한다.

순심 순영아. 그만 해라.

순영 입어. 가. 병원.

순심 이 시간에 어딜 가자고 그래.

순영 (거칠게 옷을 입히는)

순심 (큰 소리로) 길어야 석 달이래. 그냥… 편안하게 가게
해 줘.

순영 (더 큰 소리로 격하게 옷을 팽개치며) 누가 그런 헛소리를
해. 누가? 어떤 의사 새끼가 그런 개소리를 해. 서울 큰
병원으로 가자. 요즘 세상에 못 고치는 병이 어딨어.

순심 시간을 줘.

순영 무슨 시간. 죽어가는 시간. 아니면 죽어가는 사람 지켜
보는 시간. 엄마 임종 지켜보는 것도 지옥 같았어. 일어
나. 일어나서 병원 가. 특실도 잡아주고, 집을 팔아서라
도 고쳐줄게. 얼릉.

순심	순철아, 얘 좀 어떻게 해 봐라. 귀청 떨어지겠다.
순영	살 수 있어. 석 달이 아니라. 삼 년, 아니 삼십 년은 더 살 수 있어. 약이란 약, 내가 다 멜텡께 언닌 무조건 살아야 해. 무조건. 언니 옆에 딱 달라붙어서 암에 좋다는 석류도 매일 갈아 줄 거고, 몸에 좋다는 것은 다 해먹일 거여. 우리만 두고 언니 보낼 수 없어. 우리 가족한테 고통 준 놈들은 버젓이 살아있는데, 언니가 왜 먼저 죽어. 못 보내. 내가 죽어도 못 보내. 우리한테 고통 준 놈들 죽을 때까지 악착같이 살아서 엄마 몫까지 살아야지. 살아난 사람이 이기는 거야. 언니 이제 쉰일곱이야. 억울하지도 않아.
순철	(머리를 쥐어뜯는다)
순영	엄마, 언니 좀 살려줘라. 언니, 나 언니 없으면 어떻게 살아.
순심	집은 순철이가 알아서 처리하고…
순영	유서 써. 그랄라고 불러들였는가.
순심	시골 땅은 순영이 네가 처분하고…
순영	그만 하소이. 안 들을랑께.
순심	동호 아제한테는 내가 말해 놓을랑께.
순영	언니!
순심	그라고… 석류나무… 저 석류나무는 시골 아버지 산소 옆에 다시 옮겨 심어줘. 난 그 옆에 조그만 무덤 하나 만들어주면 족해.

순영 (운다) 언니.

순심 울지 마. 우리 진작 이라고 만날 걸 그랬는 갑다야.

순영 뭐든 해 보자. 언니.

순심 석 달 동안 내가 뭘 할 수 있을까. (사이) 겁이 난다. 무서워. 난 아직 죽기에 너무 이른데, 왜 하필 내가 이런 병을 앓아야 하냐. 우리 삶을 송두리째 앗아간 놈들은 천수를 누리는데, 이건 공평한 게임이 아니지 않니. 순영아, 나 살고 싶다. 니들이랑 이렇게 밤을 새며, 아침 햇살에 반짝반짝 빛나는 빨간 석류꽃 봄서 오래도록 살고 자와··· 나 살고 싶다. 미치도록 살고 싶어.

순영 언니···

순심 우리 순영이 된장도 담가주고, 고추장도 담가주고.

순철, 감정이 격해 순간 마당 석류나무 아래로 달려가 삼십년 전에 묻은 총을 꺼낸다.

순철 이것 때문이여. 순영이 니 말대로 내가 지랄하는 통에 모든 것이 이라고 된 거여. 강께, 이것만 도로 갖다 놓으믄 돼. 정확하게 기억나. 아시아 자동차에서 빼돌린 군 트럭을 타고 온 시민군들이 능수버들 우거진 광주공원 계단에서 총을 나눠줬어. 털 많은 아저씨였어. 하얀 무명두건을 둘렀지만 구레나룻이 얼굴 전체를 덮고 있었어. "반 친구가 총에 맞아 죽어부렀어라. 나도 총을 줏시

오." 그랑께 "니는 아직 어리다 안 돼." 하드란 마다. 그
래서 하는 수 없이 트럭 뒤로 가서 몰래 칼빈 소총 한 자
루 훔치고 그 길로 시민군이 되얐다. 학동에서 지원동으
로, 유동에서 화정동으로, 두암동에서 백운동까지, 섬처
럼 갇혀버린 광주시내 외각을 방어했어. 내가 그때 털
많은 시민군 말을 들었어야 했는디… 순영아, 도로 갖다
놔불믄 아무 일도 없을 것이여. 글지야이.

순철, 대문을 나서려는데 순영이 막는다.

순철 근다고 말해 줘. 옛날로 돌아갈 수 있다고 말해달란 말
이여.

순영 미쳤어. 팅팅 녹슨 총 들고 가긴 어딜 가.

순철 (주저앉아 운다) 염병, 비키란 말이다.

순영 (주저앉은 순철의 어깨를 때린다) 그런다고 뭐시가 달라지
것냐.

순철 그라믄 나더러 우짜란 말이냐.

엄마, 어린 순철, 문을 열고 들어선다.
이하 장면은 아주 천천히 진행된다. 조명도 강력하게 비추고.

순철 다 내 탓이여.

어린 순철 총을 녹슨 총을 뺏는다.

엄마 아니다. 네 탓도 내 탓도, 세상을 잘못 만난 탓이다. 그
해엔 5월에 석류가 열렸드란마다. 한 집 건너 온 도시
에 주렁주렁 빨간 석류가 열렸는디, 사람들은 떨어진
석류를 보고 숨죽여 흐느끼드란마다.

어린 열매도 못 영글고 떨어진 석류꽃.
순철 군홧발에 짓밟힌 오월의 석류.

순영, 순철도 엄마가 보이는 것일까.

순심 우리 엄마 뭔 미련이 남아서 다시 왔으꼬. 오메, 봐라
이. 엄마 다리를 안 절어야. 멀쩡해. 옛날 젊었을 때 영
낙 그 모습 그대로네. 느그들은 안 보이냐.

순심의 환영으로 보이는 엄마. 어린 순철 어느 새 보이지 않
는다.

엄마 (아주 젊은 모습으로, 다리도 절지 않고) 순심아. 부엌에 소
고기 장조림 올려놨응께 불 잔 줄여라이.

순심 (해맑게 웃으며) 응, 엄마.

엄마 순철이랑 순영이도 공부 그만하고 나와서 밥 묵자고 해
라 와.

순심 알았어. 참, 엄마. 우리 돌아오는 일요일에 소풍 갈까. 순철이 올해 대학연합고사 본다고 앞으로는 꼼짝도 못 할 것이고, 순철이 담임선생님이 그랬다여.

엄마 뭐시라고야.

순심 성적이 이대로만 나오믄 서울대 법대는 문제 없다고.

엄마 오메, 공부는 끝까지 모르는 거여.

순심 며칠 전에도 1등을 했등만. 엄마, 김밥도 싸고, 사이다도 몇 병 담고, 순영이 좋아하는 계란도 찌고, 가서 사진도 찍세. 아부지 돌아가시고 난 뒤 우리 가족사진 한 장 못 찍었는가 안. 우짠가?

엄마 공원에 철쭉 많이 폈드라. 사진 찍으믄 잘 나오것다.

순심 순철아, 순영아. 다음 주 일요일 날 소풍가자. 알았지. 느그들은 우짜냐?

순철·순영 소풍?

순심 그려 소풍.

순철 소풍 좋제.

순영 나도 좋당께.

어린 순철 사진기를 들고 들어선다.

어린 옆집 세탁소 아저씨가 사진기를 빌려줬당께. 소풍 가서 실컷 찍으라고. 안에 필름도 넣다여. 봐, 케논이여. 일 제 케논.

사이, 아주 또렷하게 이어지는 대사들. 그들을 보는 엄마.

순영 1980년 5월 18일 일요일 아침. 나는 밤새 설레고 설레고 또 설레서 잠도 못 잤습니다. 언니랑 엄마는 아침부터 김밥을 싼다고 수선을 떨고, 오빠는 옆집에서 사진기를 빌려오고. 우리는 소풍가방을 들고, 깃털처럼 가벼운 마음으로 시내버스를 타고 갔습니다.

순심 왜 하필 그 날은 일요일이었을까요. 우리를 태운 시내버스는 두 정거장도 못가고 되돌아왔습니다. 버스 창밖, 교회 십자가 아래 군인들은 대학생들을 개 패듯 패고 있었고, 그 날을 목격했던 우리는 공포에 떨며 집으로 돌아왔습니다.

어린 집으로 돌아오던 길 나는 대검에 찔려 죽어가던 어떤 대학생 형을 케논 카메라로 찍었습니다. 그것을 본 공수대원이 내 카메라를 빼앗아 갔지만, 세탁소아저씨는 살아 돌아온 것이 천만다행이라며 그깟 카메라는 잊어버리라고 했습니다.

순철 우리는 불안한 마음으로 김밥과 사이다와 찐 계란을 먹었습니다. 우리에게 닥칠 비극이 어떤 것인지도 모른 채, 소풍은 그렇게 끝이 났습니다.

어린 그 날 이후 우리는 더 이상 행복하지 않았습니다.

사이.

순철	누이. 날 밝으면… 소풍갑시다. 며칠이고 신나게 애기들 맹키로 놀다오게. 다 잊고, 옛날 즐거웠던 때 이야기만 하고 오자.
순심	가고 싶다. 우리 셋 오순도순 손잡고, 해당화 핀 바닷가도 걷고, 솔밭 길도 걷고, 아버지, 엄마 산소에도 다녀오고, 소주도 마시고. 응.
순영	바닷가 걷고, 솔밭 길 걸으믄 엄마가 그 뒤를 따를 것이고, 아버지도 마중 나오시것제.
순철	까짓것 가자. 우리가 뭘 못 하겠어. (감정에 복받치는 듯) 기회를 줘. 누나한테 진 빚을 갚을 수 있는 기회를… 아, 석류 염병하게 이쁘다. 누나 우리 사진 찍을까.

어린, 삼발이 사진기 걸친다.

순심	이 몰골로 사진은 무슨.
순영	언니, 찍자. 나 언니랑 사진 찍은 적도 없다 생각해보니.
순철	환하게 웃어.
순영	(억지로 웃는)
순철	그러지 말고 웃으랑께.
순심	(슬픔이 묻어나는 웃음) 됐냐?
순철	아니, 더. 입꼬리를 올려.
순심	(하지만 어색하기만 하고)
순영	(눈물을 감추느라 쓴 웃음만)

엄마와 어린 순철 흐뭇하게 웃는다.

순철   니도 와. 언녕.
어린   저요?
순영   그래 너.
순심   우리 순철이 공부를 했으믄 판검사 두 번은 혔을 거
          인디.

한 자리에 모인 세 남매와 어린 순철.

그 뒤로 엄마 웃고 서 있다.

석류나무를 배경으로 사진을 찍는다.

찰칵!

그들 위로 사각형의 조명 떨어진다.

잠시 멈추고 있는 가족.

음악이 절정에 달하면 석류나무에 오래도록 조명 멈춘다.

암전.

끝.

한국 희곡 명작선 28

오월의 석류

초판 1쇄 인쇄일   2019년 1월 16일
초판 1쇄 발행일   2019년 1월 25일

지 은 이   양수근
만 든 이   이정옥
만 든 곳   평민사
           서울시 은평구 수색로 340 [202호]
           전화: (02) 375-8571(代)
           팩스: (02) 375-8573
           http://blog.naver.com/pyung1976
           이메일 pyung1976@naver.com
등록번호   제251-2015-000102호
 정 가   6,000원

※ 이 책은 사단법인 한국극작가협회가 한국문화예술위
   2019년 제2회 극작엑스포 지원금을 받아 출간하였습니다.